Walt Disney

DAVY CROCKETT
ET LE ROI DU FLEUVE

Disney
HACHETTE ÉDITION

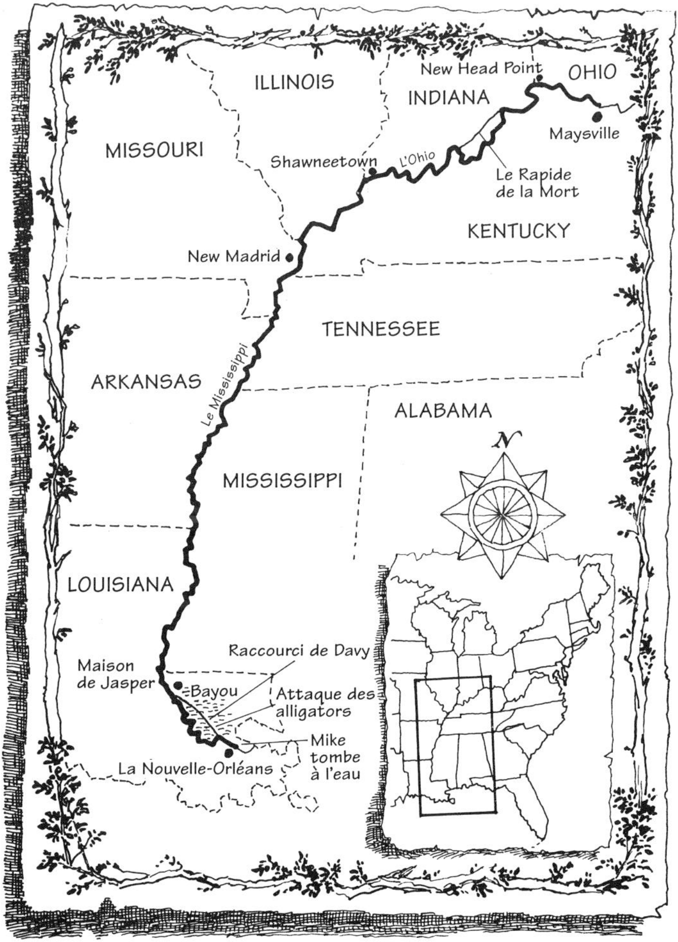

Ont collaboré à cet ouvrage : A.L. Singer pour le texte,
Anne Cottance pour la traduction,
et Thierry Christmann pour les illustrations.

1

« Ouille aïe aïe ! Ces fourmis du Kentucky sont plus féroces que des alligators ! »

Georgie Russel s'éloigna en sautillant du feu de camp et se gratta les chevilles.

« Ça fait des semaines qu'on voyage ! continua-t-il. Et maintenant ces bestioles ne nous laissent même pas nous reposer !

– Georgie, quand tu ne parles pas pour faire le malin, alors c'est pour te plaindre », gloussa Davy Crockett.

Avec une grosse branche, Davy tisonna le feu. Seules la pleine lune et la lueur rouge des tisons éclairaient le sous-bois.

Georgie s'assit près du foyer et leva un pied. Il y avait un grand trou dans la semelle de son mocassin.

« Tu ne crois pas que j'ai de bonnes raisons

d'être mécontent, Davy ? Regarde-moi ça ! Complètement usé. C'est la plante de mes pieds qui va y passer, la prochaine fois ! On n'est jamais partis pour une expédition aussi longue.

– Vrai, mais on n'a jamais rapporté autant de peaux, Georgie. »

Davy arborait un grand sourire en examinant la pile de peaux de bêtes entassées à côté d'eux. Il avait entendu dire qu'il pouvait en tirer un bon prix à Natchez, une ville du Sud du Mississippi. Natchez se trouvait encore à plusieurs centaines de kilomètres et il leur fallait naviguer sur la rivière Ohio puis sur le Mississippi pour y parvenir.

« Dans combien de temps atteindra-t-on l'Ohio à ton avis ? demanda Georgie.

– Eh bien, si mes calculs sont bons, on devrait arriver à Maysville demain avant midi. L'Ohio traverse la ville. »

Davy Crockett aimait l'aventure par-dessus tout. À vrai dire, il avait vécu tant d'aventures qu'elles étaient devenues légendaires. Certains racontaient qu'il pouvait rivaliser avec les Indiens les plus habiles pour suivre un animal à la trace. D'autres encore qu'il avait capturé un ours à l'âge de trois ans.

« J'ai pas mal roulé ma bosse, reprit Davy,

mais je n'ai jamais descendu un tel fleuve. »

Georgie laissa échapper un long bâillement.

« Rien que d'y penser, ça me fatigue. Je crois que je vais dormir.

– Bonne nuit, Georgie.

– Bonne nuit. »

Davy finit de boire son café en contemplant le feu. Il ne cessait de songer à tout ce qui les attendait sur le fleuve : des courants dangereux, d'étranges spectacles le long des rives et peut-être des animaux qu'il n'avait jamais vus. Davy avait hâte de se lancer dans l'aventure.

2

Le lendemain, Davy et Georgie arrivèrent à Maysville, petite ville du Kentucky. Avec leurs vêtements sales et froissés, ils ressemblaient à des vagabonds et personne ne les reconnaissait.

En un rien de temps, ils trouvèrent ce qu'ils cherchaient : l'Ohio qui coulait au beau milieu de la ville. Or, un bateau venait d'accoster : il avait un fond plat et le pont dépassait à peine le niveau de l'eau ; l'équipage le faisait avancer en poussant sur de longues perches.

« C'est exactement ce qu'il nous faut, dit Davy. Essayons d'embarquer. »

Comme ils approchaient du bateau, deux hommes corpulents mirent pied à terre.

Le premier avait des jambes comme des troncs d'arbres, des bras à l'avenant, et un regard à vous glacer le sang.

Mais c'est le second qui attira l'attention de Davy : c'était une force de la nature avec des épaules semblables à des petites montagnes et des mains aussi larges que des battoirs. Ses petits yeux noirs, enfoncés dans les orbites, luisaient sous un grand chapeau de feutre vert orné d'une plume rouge vif. D'un mouvement preste du poignet, il lança un cordage qui s'enroula autour de la bitte d'amarrage, comme s'il s'agissait d'un brin de laine.

« Avec ça, il ne devrait pas dériver », dit-il.

Sa voix tenait de la corne de brume et de l'aboiement du chien.

« Excusez-moi, mais pouvez-vous m'indiquer qui est le capitaine ? » demanda Davy.

L'homme au chapeau à plume le dévisagea longuement. Il était si grand que la tête de Davy ne dépassait pas la pomme d'Adam du colosse.

« Hé, oh ! les culs-terreux, ça fait combien de temps que vous n'êtes pas sortis de votre trou ? brailla-t-il. Tout le monde connaît le capitaine de *L'Intrépide*. C'est moi, Mike Fink, le Roi du Fleuve ! »

Georgie s'avança et désigna Davy :

« Capitaine, je vous présente Davy Crockett. »

Les yeux de Mike Fink se rétrécirent.

« Davy Crockett, vraiment? Le monde est petit, à coup sûr. Je te voyais plus grand que ça.

– Ne t'inquiète pas, rétorqua Georgie. Il n'a pas fini de grandir!

– Ouais! grogna Mike, comme les histoires qu'on raconte sur toi.

– C'est vrai que j'ai du mal à être à la hauteur de ma réputation, répliqua Davy.

– Eh bien! moi, je n'ai aucun mal à être à la hauteur de la mienne! Je suis le seul, le vrai, l'original… la terreur du pays. Je suis le plus grand, le plus fort et je casse tout sur mon passage. Je cours, je saute, je chante, je nage, je danse, je tire, je mange…

– Et tu causes, interrompit Davy.

– Parfaitement, je cause et je cogne plus fort que n'importe qui sur le Mississippi et l'Ohio réunis! » beugla Mike.

Davy fit un effort pour ne pas montrer combien de telles vantardises l'agaçaient.

« Très intéressant, coupa-t-il, mais tout ce qu'on voulait savoir, c'est jusqu'où tu as l'intention d'aller sur le fleuve.

–Jusqu'à La Nouvelle-Orléans, bien sûr! Puisque je te répète que je suis Mike Fink, le Roi du Fleuve. Ce fleuve est ma propriété personnelle.

– Est-ce que tu aurais de la place pour embarquer deux passagers ? coupa Georgie.

– Vous allez où ?

– Natchez, répondit Davy. On a des peaux qu'on voudrait vendre là-bas. »

Mike jeta un œil sur les fourrures empilées à côté des deux hommes.

« Vous en tireriez un bien meilleur prix à La Nouvelle-Orléans. Voilà ce que je vous propose… mais c'est bien parce que c'est vous. Je vais vous appliquer un tarif de faveur.

– Merci, fit Davy avec un large sourire.

– Oui…, reprit Mike, pour vous et vos fourrures, jusqu'à Natchez ou jusqu'à La Nouvelle-Orléans… ça ne fera que mille dollars comptant. »

Davy resta bouche bée. Le gros Mike Fink n'était pas seulement un vantard, c'était aussi une crapule !

3

« Mille dollars ? répéta Georgie. Tu sais très bien qu'on n'a pas d'argent !

– C'est à prendre ou à laisser, trancha Mike. Vous vous décidez et vous me donnez la réponse avant demain matin. »

Là-dessus, il s'éloigna avec son acolyte.

« Pour qui se prend-il, ce gros lard ? ronchonna Georgie.

– Il en profite, puisqu'il est le Roi du Fleuve », fit Davy avec un haussement d'épaules.

Cependant, Georgie avait repéré un autre bateau amarré non loin de là avec de grosses barriques entassées sur le pont, portant l'inscription « Nouvelle-Orléans ». Assis sur le plat-bord, un vieil homme aux cheveux grisonnants, fumait tranquillement sa pipe.

« Eh bien, Mike Fink est peut-être le Roi du

Fleuve, déclara Georgie, mais ce n'est pas le seul à avoir un bateau ! Regarde !

– Allons dire un mot au capitaine, proposa Davy en grimaçant un sourire.

– Ohé ! » appela Georgie.

Le vieil homme leva les yeux. Davy sut aussitôt qu'il s'agissait d'un marinier. La peau tannée par le soleil et les rides profondes autour des yeux trahissaient les années passées à scruter la rivière.

« C'est votre bateau ? le questionna Georgie.

– Oui, répondit le vieux, le *Bertha Mae*.

– Vous en êtes content ?

– Oh ! oui, il est le plus rapide, à condition de savoir y faire.

– Où allez-vous ?

– On ne va nulle part pour le moment.

– Mais vos barriques portent l'inscription “Nouvelle-Orléans” », rétorqua Georgie.

Le vieux hocha la tête.

« Exact, j'ignore comment elles y parviendront. Impossible de réunir un équipage.

– Ah bon, et pourquoi ?

– Ils ont entendu parler des Indiens.

– Des Indiens ? s'étonna Davy. Je connais ces tribus, il n'y a pas plus pacifique…

– Il y a toute une partie du Mississippi qui

n'est pas sûre. Depuis deux mois environ, les Indiens attaquent les bateaux, surtout ceux qui portent des cargaisons précieuses. À tel point que plus personne ne veut s'enrôler.

– Tout cela me paraît très bizarre. Cela fait plusieurs années que la région est pacifiée jusqu'à La Nouvelle-Orléans.

– Moi, je répète ce que j'ai entendu. Il y a eu pas mal de blessés.

– Il y en a un que ça n'a pas l'air d'effrayer le moins du monde, c'est Mike Fink. »

Une grimace plissa la figure du vieil homme.

« Ah, celui-là et ses pousseurs de perches ! Ce sont des risque-tout qui n'ont peur de rien.

– On a mal choisi notre moment pour faire un tour en bateau », se lamenta Georgie.

Comme Davy et lui s'apprêtaient à tourner les talons, le vieil homme les rappela :

« Hé ! C'est bien vous, Davy Crockett ?

– Mais oui, capitaine », répondit Davy.

Pour la première fois, le vieux se leva. Un vague sourire se peignit sur son visage tandis qu'il tendait la main.

« Moi, je suis le capitaine Cobb.

– Et voici mon ami Georgie Russel ! annonça Davy.

– C'est que vous avez une sacrée bonne réputation, vous autres, pour ce qui est de s'entendre avec les Indiens, poursuivit Cobb. Si l'on apprenait que vous embarquez avec moi, peut-être que l'on pourrait réunir un équipage.

– Qu'est-ce que tu en penses, Georgie ? demanda Davy.

– Ça vaut mieux que de payer mille dollars dont on n'a pas le premier sou.

– Il vous faut combien d'hommes, capitaine ?

– Six, ça ira, s'ils sont aussi costauds que vous deux.

– Vous risquez d'avoir besoin de plus de monde, observa Davy, car Georgie et moi, nous ne connaissons pas grand-chose à la navigation.

– J'ai besoin de gaillards un peu malins, c'est tout, répliqua Cobb. Si vous parvenez à les convaincre, je vous embarque.

– Marché conclu, capitaine, lança Davy. Rendez-vous ici avant le coucher du soleil. »

Après avoir trouvé quelqu'un pour garder leurs chevaux, Davy et Georgie pénétrèrent dans Maysville. C'était plus grand qu'il n'y paraissait au premier abord.

« Il vaudrait mieux qu'on se sépare si l'on veut parcourir toute la ville, proposa Davy.

– N'aie pas peur de dire qui tu es, recommanda Georgie. Mets-toi en avant, n'oublie pas qu'il faut absolument trouver un équipage.

– Et toi, tiens-toi sur tes gardes. Ne fais pas des promesses qu'on ne pourrait pas tenir.

– Enfin voyons, Davy, tu me connais !... soupira Georgie d'un air peiné.

– Justement. Je sais que tu ne penses pas à mal, mais comme tu n'es pas capable de tenir ta langue et que tu nous as déjà fourrés plusieurs fois dans le pétrin... »

Des cris de colère interrompirent la discussion.

HOTEL
BARBER SHOP
SALOON

Un petit homme à la figure rougeaude hurlait en agitant son poing devant un géant qui transportait une énorme barrique. L'homme n'avait pas l'air de peiner et avançait en tirant tranquillement sur un gros cigare.

« Dites donc ! En voilà des manières de me souffler la fumée en pleine figure ! » se plaignait le petit homme.

Le géant se retourna lentement, posa sa barrique, s'avança et lui souffla encore une fois sa fumée à la figure. Puis il remonta ses manches et lui donna une forte bourrade.

Le petit tomba à la renverse dans une auge pleine d'eau. Il y eut quelques cris et quelques rires parmi les badauds. L'autre émit un petit ricanement de triomphe, reprit son fardeau et s'éloigna.

« Quelle brute, murmura Davy.

– Oui, mais c'est exactement le bon gabarit pour notre équipage ! » commenta Georgie. Et il lui emboîta aussitôt le pas tout en interpellant Davy :

« À plus tard sur l'embarcadère ! »

L'homme disparut derrière les portes battantes d'un saloon. Georgie s'apprêtait à le suivre, lorsqu'il entendit des cris et des bruits de coups.

Brusquement la porte s'ouvrit, livrant passage à un homme qui décrivit un magnifique vol plané jusque sur la chaussée. Il se remit sur pied tant bien que mal, puis se retourna vers l'homme au cigare qui l'observait, un sourire mauvais sur les lèvres.

« Il y en a encore un à qui mon cigare ne plaît pas ? » lança ce dernier d'une voix menaçante.

Georgie s'avança :

« Vous vous débrouillez plutôt bien avec vos poings, n'est-ce pas ?

– Je suis encore meilleur quand je donne des coups de pied et quand je mords.

– Vous êtes exactement le genre de gaillard que je cherche. Je peux vous offrir à déjeuner ? »

– Sans blague ! Vous êtes exactement le genre d'homme que je cherchais aussi. »

Georgie lui tendit la main et lui assena une bonne claque sur l'épaule. Il était solide comme un roc.

« Que contient votre barrique ? demanda Georgie, quand ils furent attablés dans le saloon.

– Du sucre. Je suis une sorte de négociant.

– On vous en a donné un bon prix ?

– On me donne le prix que j'exige, répondit-il tout en faisant signe au serveur.

– Quatre steaks ! saignants, et que ça saute !

– Quatre ? fit Georgie, surpris. Vous attendez du monde ?

– Trois pour moi et un pour vous.

– Voulez-vous que je vous dise ? Un homme comme vous n'est pas fait pour végéter dans un trou perdu comme ça.

– Ça, c'est bien vrai.

– Comment vous appelez-vous ?

– Jocko.

– Moi, c'est Georgie.

– Enchanté.

– Écoute, Jocko, ça te plairait de voir le monde ?

– Où tu veux en venir ?

– Je m'en vais te faire une confidence, murmura Georgie, en se penchant par-dessus la table. Avec mon copain Davy Crockett, on voudrait rassembler quelques amis pour effectuer une petite balade en bateau.

– Comment ? aboya Jocko.

– Une balade en bateau ! Sur le *Bertha Mae*. Jusqu'à La Nouvelle-Orléans. »

Jocko grimaça un sourire, gloussa, puis finit par rire à gorge déployée.

« Qu'est-ce que cela a de si drôle ? lança Georgie.

– C'est la meilleure, celle-là ! » s'esclaffa Jocko.

Puis il se tourna vers la table d'à côté :

« Hé, Mike ! Cet espèce de gringalet essaye d'enrôler ce vieux singe de Jocko sur le *Bertha Mae* ! »

Mike ? Georgie sentit son sang se glacer dans ses veines. Il leva les yeux et découvrit Mike Fink qui lui jetait un regard plein de mépris.

« T'en as assez de la vie, ou quoi ? marmonna celui-ci entre ses dents. On ne débauche pas comme ça un homme de l'équipage de Mike Fink ! »

4

« Euh !… bien, comment pouvais-je deviner que ce… ce coyote puant… cette vermine… faisait partie de ta ménagerie ? répliqua Georgie qui n'en menait pas très large.

– J'accepte tes excuses, dit Mike en tirant une chaise pour s'asseoir. Deux steaks de plus ! lança-t-il à un serveur.

– Au train où ça va, on aurait aussi vite fait de commander une vache entière, remarqua Georgie.

– Une vache entière, et pourquoi pas un taureau !… » beugla Mike en se frappant la cuisse. Reprenant enfin son sérieux, il demanda à Georgie d'un ton doucereux :

« As-tu entendu parler des Indiens, là-bas plus loin sur le fleuve ?

– Oui, mais ce ne sont pas les Indiens qui

effraient Davy, se vanta Georgie. Dès qu'on a réuni un équipage, on embarque.

– Ce n'est pas ici que tu trouveras des hommes. Et s'il y a des bouseux assez bêtes pour te suivre, sois certain que vous vous échouerez sur un banc de sable ! Je ne comprends pas pourquoi deux trappeurs aussi futés que toi et Davy Crockett ont choisi un vieil imbécile comme le capitaine Cobb.

– Cobb est un brave homme et puis il est honnête, au moins. Il ne nous demande pas mille dollars.

– Après tout, c'est votre problème, conclut Mike, et il héla le serveur qui se frayait un chemin jusqu'à la table. Celui-ci titubait sous le poids d'un plateau chargé d'énormes steaks juteux.

« Donne donc les trois plus gros à notre ami Georgie, ordonna Mike. Histoire de le mettre en appétit.

– Trois ? releva Georgie. Je ne pourrais pas…

– Tu es un homme ou une souris ? fit Mike d'un air méprisant. Ne me dis pas que tu ne peux pas engloutir quelques steaks.

– Moi, j'en mange quatre, affirma Jocko. D'habitude, c'est six, mais en ce moment j'essaie de garder la ligne. »

« Ce vieux Georgie, c'est une petite nature, expliqua Mike au serveur en gloussant. Il n'est même pas capable d'avaler un vrai repas. Apporte-lui une tranche de pain. »

Georgie essayait de tenir sa langue, les mots de Davy résonnaient dans sa tête : « Tiens-toi sur tes gardes ! » Pourtant, il ne parvenait pas à dominer sa colère :

« Qui me traite de petite nature ? »

Mike et Jocko ricanaient en le narguant. Georgie sentit le sang lui monter au visage.

« Vous allez voir si je suis une mauviette ! Demandez un peu à mon ami Davy. Il vous donnera sa parole qu'il n'y a pas un appétit comme le mien dans toute la région. Pour ce qui est de manger, j'en remontrerais à n'importe lequel d'entre vous !

– Parfait, répliqua Mike. Parce que si tu veux être un homme du fleuve, un vrai, tu dois te nourrir comme un homme du fleuve !

– Ah mais ! J'en ai bien l'intention ! »

Les yeux de Georgie lançaient des éclairs ; il avait complètement oublié sa promesse à Davy.

« Un homme du fleuve ! Sur un bateau, la perche à la main, je vous bats les yeux fermés. Garçon, donnez-moi ces steaks ! »

Le garçon posa trois assiettes devant Georgie : les steaks étaient gigantesques. Georgie n'en avait jamais vu d'aussi gros ; véritablement monstrueux.

Debout à côté de lui, Jocko et Mike ne le quittaient pas des yeux.

« Alors, qu'attends-tu ? demanda Mike. Puisque tu payes, Georgie, mon gars, autant que tu en profites !

– Puisque c'est moi qui… quoi ?

– Tu ne voudrais quand même pas qu'on

raconte en ville que Georgie Russel n'a pas payé son addition ; ou bien que tu n'es pas capable de manger autant que Jocko ici présent.

– Bien sûr que j'en suis capable », affirma Georgie comme le garçon disposait quatre assiettes devant Jocko.

« Prouve-le, reprit Mike, pendant que Jocko retroussait ses manches. Et toi, lança-t-il au garçon, apporte-nous-en deux autres pour qu'on ne reste pas sur notre faim. »

Georgie avala sa salive. Après tout, il avait un creux. Sous le regard vigilant de Mike et de Jocko, il saisit sa fourchette et son couteau et attaqua le premier steak.

Derrière l'entrepôt, à quelques rues de là, Davy Crockett s'entretenait avec deux solides gaillards, un blond et un brun.

« Hé, vous travaillez ici ? commença-t-il.

– Non, répondit le blond. Pourquoi ?

– Ça vous plairait d'embarquer sur le *Bertha Mae* pour descendre l'Ohio ?

– Sur le quoi ? demanda l'homme brun.

– De l'aventure en perspective pour celui qui veut tenter sa chance, rétorqua Davy.

– Au fait..., hésita le blond en le dévisageant, vous ne seriez pas Davy Crockett, par hasard ?

– On m'appelle comme cela. »

Les deux hommes arborèrent un large sourire.

« Dans ce cas, je suis des vôtres ! annonça le blond, en serrant la main de Davy. Mon nom est : Ben Manvell !

– Et moi, Hank Hall, enchaîna le brun.

– Bienvenue à bord. Il ne reste plus qu'à recruter encore quatre hommes. Venez que je vous présente à Georgie Russel. Il est quelque part par là. »

Mais il n'y avait aucun Georgie en vue : ni dans la rue, ni même à la poste ou à la boulangerie.

« Continue à le chercher, Davy, proposa Hank. Pendant ce temps, nous te trouverons les hommes qui te manquent.

– C'est ça, acquiesça Ben. Il faudra être convaincant, mais tu auras un équipage complet prêt à embarquer d'ici demain matin.

– Vous êtes sympas, les gars. »

– Que ne ferait-on pas pour toi, Davy ! » s'exclama Hank avec conviction.

Les deux hommes s'éloignèrent, laissant Davy au milieu de la rue. Un étrange gémissement le fit s'arrêter net.

Cherchant à savoir d'où cela provenait, Davy aperçut Mike et Jocko qui tournaient le coin du saloon, soutenant Georgie chacun sous une épaule.

« Georgie ? appela Davy.

« Il a un peu trop mangé, expliqua Mike. Je crois qu'il n'a pas l'habitude d'avaler des steaks de la taille de ceux qu'on sert ici.

– Sans compter la purée de pommes de terre, le maïs et les biscuits », ajouta Jocko.

Georgie gémit encore. La simple évocation d'une quelconque nourriture lui donnait la nausée.

« Ce sont les trois coupes de glace arrosée de caramel qui l'ont achevé », renchérit Mike.

Georgie eut un haut-le-cœur.

Les yeux écarquillés et les mains plaquées sur la bouche, il se précipita dans un coin aussi vite que ses jambes flageolantes pouvaient le porter.

« Georgie ! s'écria Davy.

– J'aurais peut-être dû me taire ? interrogea Mike d'un air candide.

– Il doit avoir l'estomac fragile, suggéra Jocko. Ha, ha, ha ! »

Mike posa sa main droite sur l'épaule de Davy.

« Allons, ne t'inquiète pas, Crockett. Ton copain a perdu son pari, mais il vous reste une chance de nous battre la prochaine fois.

– Qu'est-ce que tu racontes ? Vous battre de quelle manière ?

– À la course, bien sûr.

– À la course ? répéta Davy. Quelle course ?

– De bateaux ! Qu'est-ce que tu t'imagines ? *L'Intrépide* contre le *Bertha Mae*, jusqu'à La Nouvelle-Orléans en Louisiane. »

Davy n'en croyait pas ses oreilles.

« Mais on ne peut pas faire la course avec vous ! »

Mike haussa ses épaules de géant.

« C'est ce que j'ai tenté d'expliquer à Georgie, qui n'a rien voulu entendre. Il a parié que vous arriveriez en tête !

– Quoi ? fit Davy.

– C'est comme je te le dis. Ce pauvre Georgie a commencé par commander un énorme repas qu'il n'a pas pu payer. Alors, comme le serveur était furieux, j'ai réglé l'addition. C'est là que Georgie a proposé son pari.

– Le marché est simple. Si nous gagnons, nous prenons les fourrures et Georgie me rembourse les steaks le double de leur prix. Dans le cas contraire, ton copain n'a rien à débourser, et toi, tu peux te faire appeler le Roi du Fleuve !

– Georgie ne peut pas avoir dit ça ! protesta

Davy. Il nous a fallu tout l'hiver pour rassembler ces fourrures. »

Mike se contenta de sourire et de croiser les bras. Il adressa un clin d'œil à Jocko :

« Pas de chance, mon vieux. Mes hommes auront une sacrée dégaine avec des bonnets de fourrure. »

5

« J'ignore ce qui s'est passé, Davy. C'est arrivé comme ça dans la conversation, raconta Georgie pendant qu'ils se dirigeaient vers la grand-rue.

– Tu appelles ça une conversation ? répliqua Davy, furibond. Tu veux dire que tu as encore fait le malin. Je t'avais pourtant prévenu.

– Je suis vraiment désolé, Davy.

– Ça ne sert à rien d'être désolé, cela ne nous fera pas arriver à La Nouvelle-Orléans avant Mike Fink.

– Tu ne peux pas lui expliquer que je plaisantais ? »

Davy s'arrêta et fixa son ami.

« Crois-tu vraiment que tu vas t'en tirer comme ça ?

– Hélas ! non, soupira Georgie. Je ne recommencerai plus, je te le promets, Davy.

– J'y compte bien. Je n'ai pas envie de perdre encore le produit de tout un hiver de chasse pour un repas que tu n'as même pas digéré.

– Je sais, je sais, approuva Georgie en se tenant l'estomac. Maintenant, il faut vraiment que nous trouvions des hommes d'équipage.

– Pas dans ton état, reprit Davy d'un ton rogue. Retourne au bateau et demande à Cap'Cobb de te mettre au lit et de te border pendant que je m'occupe de recruter des hommes. »

Le visage de Georgie s'éclaira.

« Merci, Davy. Tu es un véritable ami. »

Davy regarda Georgie s'éloigner d'un pas mal assuré. Il hocha la tête et entra au bazar.

« Excusez-moi, se renseigna-t-il auprès du vieil homme qui se tenait derrière le comptoir. Connaissez-vous des types un peu costauds qui aimeraient descendre l'Ohio en bateau ? »

Le commerçant gloussa.

« Il doit y avoir plusieurs bateaux en partance. Il n'y a pas cinq minutes, quelqu'un est venu me demander exactement la même chose. Tenez, le voilà qui s'en va. »

Davy aperçut Hank qui traversait la rue.

« Merci beaucoup, fit-il, et il sortit pour le rattraper.

– Tu as retrouvé ton copain ? demanda Hank.

– Oui.

– Parfait. Ben a recruté un dénommé Leif. Ils sont tous les deux dans la rue voisine avec deux types qui meurent d'envie de connaître La Nouvelle-Orléans. »

Davy sentit sa mauvaise humeur se dissiper un peu :

« Allons voir où ils en sont. »

Il suivit Hank dans une ruelle qui menait à un terrain vague situé à l'arrière des maisons. À part des piles de bois de charpente qui s'entassaient, il n'y avait personne aux alentours.

« C'est étrange, s'étonna Hank. Ils étaient là il y a à peine une minute. »

Un tas de madriers s'écroula soudain dans un grand fracas, dévoilant six hommes qui se battaient comme des chiffonniers. La mêlée était si serrée qu'une chatte n'y aurait pas retrouvé ses petits.

« Les voilà, annonça Hank.

– Tu m'avais dit qu'ils étaient en train de discuter », grommela Davy, qui contourna la pile de madriers en criant : « Hé, les gars, doucement ! On ne veut embarquer personne de force ! »

Ben se redressa alors pour déclarer :

« Ils sont d'accord pour embarquer, Davy. »

Il montra un homme à terre qui tentait de se débarrasser d'une couverture de cheval dans laquelle il était empêtré.

« Ce type nous accuse de débaucher des hommes de son équipage ! C'est lui qui a commencé à se battre. »

Davy se pencha et arracha la couverture. L'individu roula sur le sol en grognant et en faisant des moulinets avec les bras.

Davy hocha la tête.

« Décidément, Georgie, je ne peux pas te laisser seul un instant ! »

Georgie s'immobilisa. Son visage s'empourpra et un sourire penaud apparut sur ses lèvres :

« Euh ! je te demande pardon, Davy. J'ai cru... j'ai cru que... ouhh là, mon estomac ! Ça me fait mal ! »

6

De bon matin, le jour suivant, l'embarcadère de Maysville débordait d'activité. La nouvelle de la course opposant *L'Intrépide* au *Bertha Mae* — c'est-à-dire Mike Fink et Davy Crockett — s'était répandue dans la ville comme une traînée de poudre.

La foule s'était rassemblée pour assister au départ et on avait dressé une estrade afin que les notables de la ville puissent présider à l'événement.

« Je parie que Davy Crockett lui mettra cinq kilomètres dans les gencives ! criait un enfant.

– Big Mike aura fait l'aller et le retour avant que Crockett arrive en Louisiane ! » affirmait quelqu'un d'autre.

Côte à côte sur l'Ohio, les deux équipages avaient empoigné leurs perches. Ils les plongèrent jusqu'au fond de la rivière et donnèrent une grande poussée. Les bateaux se placèrent lentement sur la ligne de départ signalée par un drapeau orange planté près de l'estrade.

Le *Bertha Mae* était paré. Davy regarda la foule et sentit son cœur battre plus fort. Souriant, Georgie se tenait prêt, mais à côté de lui, Ben se débattait avec sa perche qui s'était plantée au fond de l'eau.

Installé au gouvernail, le capitaine Cobb lui demanda :

« Ça va, Manvell ?

– Oui, capitaine. Je veux dire… non… ! »

Ben voulut dégager sa perche, qui lui résista et l'entraîna par-dessus bord. Il tomba à plat ventre dans la rivière en soulevant une grande gerbe d'eau.

Des cris saluèrent la chute, à bord de *L'Intrépide* et dans la foule. Davy détourna la tête, le capitaine Cobb leva les yeux au ciel.

« Citoyens de Maysville ! proclama le maire, du haut de son estrade, vous allez assister au début d'un événement historique. Cette compétition restera gravée dans les mémoires ! Une course entre le bateau de Davy Crockett, du Tennessee… », des hourras s'élevèrent dans la foule, « ...et celui de Mike Fink, le Roi du Fleuve ! »

Puis il s'adressa aux deux équipages :

« Les capitaines sont-ils prêts ?

– Je suis prêt ! » répondit Mike de sa grosse voix.

De son côté, le capitaine Cobb suivait des yeux les hommes qui repêchaient Ben. Il soupira et s'adressa au maire :

« Je crois que je suis aussi prêt que je peux l'être.

– Crockett ! brailla Mike. Tu aurais aussi vite fait de me donner tes fourrures tout de suite !

– Ne compte pas là-dessus ! »

Avec un sourire arrogant, Mike retira son chapeau de feutre et l'agita.

« Si je ne les gagne pas, je m'engage à le manger, avec la plume rouge et tout !

– J'ai hâte de voir ça, trancha Davy d'un ton sec. Marché conclu ! »

Un éclat de rire retentit d'une rive à l'autre. Les hommes de *L'Intrépide* se claquaient sur les cuisses et montraient du doigt le *Bertha Mae*, tout en faisant le geste de manger leur chapeau.

Georgie se faufila près de Davy.

« Un de ces jours, marmonna-t-il, ce gros fanfaron finira par avoir ce qu'il mérite. »

Le maire coupa court aux plaisanteries : « En place pour le départ ! »

Mike agrippa le gouvernail de *L'Intrépide*, Cobb en fit autant sur le *Bertha Mae*.

« À vos postes ! ordonna Mike a son équipage.

– À vos postes ! » cria Cobb à son tour.

Sur le pont du *Bertha Mae*, ce fut la confusion la plus totale. Des hommes se précipitaient à gauche, d'autres à droite, des perches se heurtaient. Cobb enfouit son visage entre ses mains en gémissant :

« Non, non et non ! Espèces de merlans frits, faites comme je vous l'ai appris ! »

Ravis du spectacle, Mike et ses hommes étaient hilares.

« N'oubliez pas, rappela le maire, qu'on ne démarre pas avant le coup de canon. »

Avec un grand geste de la main, il gratta une allumette et l'approcha de la mèche.

« Parés ! commanda Mike à son équipage.

– Parés ! » implora Cobb.

Boum ! Aussitôt, Davy, Georgie, Ben, Hank, Leif et les autres lancèrent leurs perches dans l'eau et poussèrent de toutes leurs forces. Le *Bertha Mae* fit un bond en avant.

« C'est ça, les gars ! » les encouragea Cobb.

Mais *L'Intrépide* avait déjà pris une longueur d'avance. Mike se mit à chanter :

L'orage gronde, le vent fait rage,
Oh ! c'est le seul, c'est le vrai…

« Il a du coffre, constata Georgie.

– Disons plutôt qu'il chante une chanson à la gloire de son héros favori… c'est-à-dire lui-même », se moqua Davy.

Bientôt, tous les hommes de *L'Intrépide* entonnèrent en chœur :

C'est le roi de la forêt.
Il est sacrément fort,
Et jamais il n'a tort.
Il a des bras d'acier
Un cœur de caïman.
Jamais il ne pliera,
Car c'est vraiment le Roi !

L'Intrépide avait dépassé le *Bertha Mae* de plusieurs longueurs. Pourtant, Davy, Georgie et tout l'équipage maniaient leur perche de leur mieux.

« Ça ne sert à rien, Davy ! s'exclama Georgie, hors d'haleine. On ne pourra jamais les rattraper.

– Tu ne vas pas te dégonfler ? Ça ne fait que commencer. Ce qu'il nous faut, c'est une chanson, comme eux.

– C'est ça, chantons ! approuva Georgie.

– Tu as une idée ?

– Moi ?

– Hé ! oui… C'est toi le malin, insista Davy, avec un sourire. Et puis, tu en connaissais beaucoup quand on allait à la chasse. »

Georgie se concentra un moment.

« J'ai une idée. Il suffit que je trouve les rimes. »

Au bout d'un petit moment il entonna d'une voix claire et assurée :

Ceux qui braillent le plus fort
Sont souvent pas les plus malins.
Très souvent les matamores
Sont des durs à la mie de pain.
Davy n'a besoin de personne.
Libre, fier et courageux,
C'est Davy le roi des trappeurs,
C'est Davy le Lion de l'Ouest
Qui ne connaît pas la peur,
C'est Davy, Davy Crockett !

L'un après l'autre, les hommes se joignirent à lui, et bientôt leur hymne résonnait d'un bord à l'autre de la rivière.

Pas besoin d'être un as,
Pour pousser sur un bâton.
Et quand Mike Fink boira la tasse,
On verra qui est le poltron.
C'est pas Davy, Davy Crockett,
Libre, fier et courageux.
Il ne connaît pas la peur,
Davy le Lion de l'Ouest !

Tandis qu'ils chantaient, le *Bertha Mae* prenait bel et bien de la vitesse. *L'Intrépide* restait toujours en tête, mais la distance qui les séparait se réduisait considérablement.

Maysville s'éloignait à vue d'œil et l'Ohio serpentait à présent entre les champs et les forêts.

À bord de *L'Intrépide*, Mike se prélassait dans un fauteuil, maintenant négligemment le gouvernail avec l'extrémité du pied.

« Regardez-moi ces bouseux ! » crachait-il avec mépris.

Jocko, qui observait avec attention le *Bertha Mae*, semblait soucieux. Il faisait les cent pas sur le pont quand il buta sur une masse inerte.

Il baissa les yeux et vit un homme qui dormait profondément.

« Réveille-toi, Grand Élan ! » hurla-t-il.

Le dénommé Grand Élan battit des paupières, l'air ahuri.

« Qu'est-ce qu'il y a ? J'ai ronflé ?

– Debout ! Ils nous talonnent ! »

L'Intrépide allait s'engager dans une courbe, lorsque Mike se leva en bâillant :

« Ne vous énervez pas, les gars. Ils ne nous auront pas. »

Mike savait qu'une bande d'Indiens se cachait dans les broussailles peu avant le virage. Il les avait souvent aperçus au cours de ses voyages sur le fleuve. Si on les ignorait, ils n'attaquaient pas mais si on les provoquait, ils se défendaient.

Mike prit un fusil, visa le ciel du côté des Indiens, attendit quelques secondes, et tira au moment précis où *L'Intrépide* sortait du virage. Sur la rive, les Indiens vociféraient et couraient en tout sens. Mais ils ne virent qu'un bateau – le *Bertha Mae* !

« C'est la tribu des Miamis. Pourquoi diable Mike Fink a-t-il fait cela ? répétait le capitaine Cobb, perplexe. Ce sont des amis. »

Une flèche siffla près de son oreille, puis une autre se ficha sur le pont à quelques centimètres des pieds de Georgie.

L'équipage du *Bertha Mae* commença alors à entrevoir pourquoi Mike Fink avait agi de la sorte !

7

Une pluie de flèches s'abattit sur le bateau. Tout l'équipage du *Bertha Mae* se jeta à plat ventre ou s'abrita derrière la cabine.

« Hé ! cria le capitaine Cobb à l'intention des Indiens. Nous ne vous avons pas tiré dessus ! »

Mais les Indiens ne voulaient rien entendre. Maintenant que tous les hommes étaient cachés, le *Bertha Mae* constituait une cible immobile. Il fallait réagir et vite ! Davy se releva et se mit à pousser sur sa perche avec ardeur.

« Bravo, Davy ! s'exclama Georgie en empoignant une perche à son tour.

– En avant, tous à vos postes et sauvons-nous de là ! »

L'équipage s'exécuta et le *Bertha Mae* s'éloigna dans la courbe du fleuve.

« C'est le plus vilain tour de cochon qu'on

m'ait jamais joué ! s'indigna Davy. Aller chercher noise à une tribu d'Indiens pacifiques, leur faire gaspiller leurs flèches…

– Encore heureux qu'on ne les ait pas reçues entre les oreilles, répliqua Georgie. Cet abruti de Mike Fink aurait pu nous faire tuer ! »

Davy serra les dents, l'air farouche.

« Ne t'inquiète pas. J'ai l'intention de me venger, et de venger les Miamis. Mike Fink doit-il passer quelque part près de la rive ?

– Oui. Il devrait doubler New Head Point dans la soirée, affirma Cobb. Après, il y a un étranglement qui longe le Sud de l'Indiana pendant plusieurs kilomètres.

– Qu'avez-vous comme longueur de corde à bord ?

– Peut-être une centaine de mètres. Pourquoi ? »

Absorbé dans ses pensées, Davy échafaudait un plan pour donner une bonne leçon à Mike Fink.

« Je vous demanderai de me déposer à terre dès qu'il fera nuit. »

Le *Bertha Mae* parvint à la nuit tombée en vue de New Head Point. Debout à la proue, Davy tentait de distinguer des formes dans l'obscurité :

« C'est encore loin, d'après toi, Cobb ?

– Même pas cinq cent mètres.

– Et *L'Intrépide* ?

– Je ne le vois pas. Je pense qu'ils ont dépassé New Head Point.

– Voilà exactement ce que je voulais entendre. Amenez le bateau près de la rive, s'il vous plaît.

– Comme vous voudrez. À bâbord, toute ! ordonna Cobb.

– Doucement ! fit Davy. Il faut qu'on les serre le plus près possible sans se faire remarquer. »

Georgie, Ben et Leif amenèrent le *Bertha Mae* le long d'un vieil embarcadère en planches, tout démoli. Muni du rouleau de corde que lui avait procuré le capitaine Cobb, Davy sauta et fit signe à l'équipage de reprendre sa route.

New Head Point était une mince bande de terre couverte de pins qui s'avançait dans l'eau. Un bateau mettait plus de temps à contourner la pointe qu'un homme à la traverser à pied. Après avoir franchi la pinède au pas de course, Davy s'accroupit dans l'ombre. Comme prévu, il ne tarda pas à entendre les vaguelettes qui venaient mourir contre l'étrave de *L'Intrépide*.

Davy grimpa sur un arbre au tronc solide, fit un grand nœud coulant à un bout de la corde et

attendit que *L'Intrépide* passe à sa hauteur.

À mesure que le bateau se rapprochait, Davy distinguait Mike qui dormait sur le pont, un sourire béat aux lèvres. Tout doucement, Davy fit descendre l'extrémité de la corde pour l'accrocher au cabestan. Le nœud le frôla puis glissa dans l'eau.

Davy tenta sa chance une deuxième fois. Cette fois-ci, il parvint à prendre *L'Intrépide* au « lasso ». Il tira lentement jusqu'à ce que le nœud soit bien serré et lâcha une longueur de corde suffisante pour laisser filer le bateau. D'après ses calculs, il faudrait bien cinq minutes avant que la corde ne se raidisse. Pendant ce temps, Davy – et l'autre bout de la corde – avaient le temps de regagner le *Bertha Mae*.

Davy se laissa tomber de son arbre au moment précis où le navire abordait le virage. Il courut à sa rencontre sur la rive et pataugea dans l'eau jusqu'aux genoux pour le rejoindre.

« Donne-moi la main », murmura Georgie en se penchant par-dessus bord.

Davy escalada le bastingage, monta à bord et fit tomber ce qui lui restait de corde sur le pont. Comme elle commençait à se dérouler, il noua l'extrémité à la rambarde qui courait le long du plat-bord. Au bout de quelques secondes, la corde se raidit et le *Bertha Mae* fit un bond en avant : la manœuvre avait réussi, *L'Intrépide* les traînait.

« À présent, Georgie, annonça Davy, on n'a plus qu'à s'asseoir et se reposer... »

Sur *L'Intrépide*, Mike s'était réveillé, mais il avait à peine remarqué la secousse accusée par son bateau.

« Hé là, qu'est-ce qu'il s'est passé ? interrogea l'un des bateliers.

– On a sans doute heurté un banc de sable, répondit Mike.

– Ça alors ! Mike ! s'exclama Jocko qui s'était penché à l'arrière. Regarde, mais regarde ! »

Mike jeta un coup d'œil. Le *Bertha Mae* suivait exactement *L'Intrépide*, à la même vitesse. Il pouvait voir les hommes d'équipage tranquillement assis sur le pont.

« Il ne faudrait pas qu'ils croient pouvoir nous rattraper comme ça », maugréa-t-il.

Quelque chose l'intriguait ; ce qui se passait sur le *Bertha Mae* lui semblait bizarre. Le bateau fonçait, d'accord, pourtant les hommes demeuraient immobiles... Il n'y avait aucune perche en action. Sur le qui-vive, il regarda plus attentivement et finit par distinguer la corde, qui reliait de *L'Intrépide* au *Bertha Mae*.

« Espèce de sale petit… »

Tandis que Mike se précipitait sur la corde, il entendit des éclats de rire et des sifflets moqueurs provenant du *Bertha Mae*.

Il sentit le sang lui monter à la tête, il était fou de rage. Il allait leur montrer qu'on ne ridiculisait pas Mike Fink comme ça ! Ils le lui paieraient !

8

Durant les quelques jours qui suivirent, les bateaux continuèrent à descendre le cours de l'Ohio. *L'Intrépide* avait maintenant un bon kilomètre d'avance sur le *Bertha Mae*.

Comme *L'Intrépide* atteignait un point où le fleuve se divisait en deux bras, Mike émit un ricanement. Il tenait enfin le moyen de se venger de Davy et de ses hommes.

Devant eux, sur le côté gauche de la rivière, un grand écriteau annonçait : DANGER ! PRENDRE L'AUTRE BRAS.

« Au travail, les gars ! commanda Mike. Faites ce que je vous ai dit… et vite ! »

Jocko et Grand Élan sautèrent dans l'eau, qui leur arrivait aux genoux, et s'approchèrent de l'écriteau. Il fallut s'y reprendre à deux fois, mais ils réussirent à l'arracher. Pataugeant dans la vase, ils le déplacèrent jusqu'à l'autre bras du fleuve. Riant comme des gamins qui ont fait une bonne farce, ils remontèrent à bord de *L'Intrépide*.

Mike jubilait :

« Ha, ha ! La tête qu'ils feront quand ils s'apercevront qu'ils se sont jetés dans le rapide de la Mort ! »

Les bateliers manièrent activement leurs perches et *L'Intrépide* contourna le poteau avant de filer vers l'extrémité opposée.

Peu après, le *Bertha Mae* arrivait à bonne vitesse au niveau de la fourche. À la barre, Davy scrutait le brouillard matinal, quand la porte de la cabine s'ouvrit pour livrer passage au capitaine Cobb encore ensommeillé.

« Merci de m'avoir remplacé, Davy, marmonna-t-il dans un bâillement. Où sommes-nous ?

– On les rattrape. Ils ne doivent plus être très loin.

– Hum..., fit Cobb en observant le paysage. Les chutes aussi sont dans les parages...

– Les chutes ?

– Il s'agit en fait d'un rapide situé sur un des bras du fleuve. C'était très dangereux jusqu'à l'installation d'une pancarte avertissant les mariniers. »

Davy laissa Cobb reprendre la barre. Tous les deux virent apparaître l'embranchement à travers la masse compacte du brouillard. Cobb amena en douceur le *Bertha Mae* vers l'écriteau.

Comme il s'engageait à gauche, Cobb se gratta le front en disant :

« C'est curieux, j'aurais juré que le bras navigable se situait de l'autre côté… »

Le brouillard se dissipait et les volutes de vapeur se faisaient moins denses. Pourtant Davy avait beau guetter, il ne distinguait toujours pas *L'Intrépide*. Seuls des saules le long de la rive, une ferme dans le lointain… et l'écume bouillonnante du rapide au loin !

L'équipage du *Bertha Mae* redoubla d'efforts pour lutter contre le courant. Mais les remous commençaient à secouer le bateau dans tous les sens et les hommes perdaient l'équilibre.

« Capitaine, ça commence à être dur, lança Davy. Vous êtes sûr qu'on est passé du bon côté ?

– Nom d'un petit bonhomme en bois ! Nous sommes dans le rapide de la Mort ! Quelqu'un a dû déplacer le panneau !

– Et je crois savoir qui c'est », hurla Davy pour dominer le fracas des eaux en furie.

Soudain, tout le flanc gauche du bateau se

dressa hors de l'eau. Projeté sur la rambarde, Cobb s'agrippa à la barre tandis qu'un bruit affreux venait de la cale.

« Qu'est-ce que c'est ? demanda Georgie lorsque le *Bertha Mae* se fut redressé.

– C'est la membrure qui cède ! annonça le capitaine Cobb. Davy, je descends fermer les écoutilles. Reprenez le gouvernail. »

Les dents serrées, Davy s'exécuta. Il était trop tard pour revenir en arrière : le *Bertha Mae*, emporté comme un brin de paille, sautait et retombait en frappant lourdement l'eau.

« Davy, attention ! cria Georgie qui se trouvait à tribord. Rocher droit devant ! »

Trop tard ! Tout l'équipage s'écroula comme un jeu de quilles. Davy vit Georgie tomber à la renverse sur le pont, les yeux écarquillés, la bouche ouverte, son visage marqué par la peur qu'ils ressentaient tous.

Bertha Maé

9

Davy se cramponnait à la barre qu'il poussait à fond à droite, mais le bateau n'obéissait plus, ballotté par les flots déchaînés.

Les bateliers se remirent debout tant bien que mal. Ils repoussaient les rochers avec leurs perches, essayant d'éviter les collisions. Une vague gifla Davy en plein visage ; déséquilibré, il tenta de se rattraper à la barre, sans succès.

Celle-ci oscillait désormais de tous côtés sans pilote pour la diriger. C'est alors que Cobb sortit la tête de la cabine :

« Que se passe-t-il… ? »

Le *Bertha Mae* franchit un ressaut. La coque se souleva puis s'enfonça dans l'eau, et tangua violemment plusieurs fois avant de se redresser presque immobile.

Georgie ouvrit les yeux, s'accrocha à la

rambarde et regarda par-dessus bord; Davy se releva et courut à la barre; le capitaine Cobb remonta les marches qu'il venait de dégringoler.

Encore sous le choc, ils avaient de la peine à y croire : l'eau était redevenue calme.

« On, on… s'en est sorti ! » bredouilla Georgie.

Davy poussa un cri de triomphe :

« Hip, hip, hip, hourra !

– J'ai de bonnes nouvelles pour vous, annonça le capitaine Cobb. Si vous voulez vraiment être content de vous, jetez un œil de ce côté.

– Mike savait qu'il nous envoyait au casse-pipes dans les rapides fit Davy, mais il ignorait qu'il s'agissait d'un raccourci ! »

Tout l'équipage lança des vivats, puis chacun reprit sa perche et la course recommença de plus belle.

Après cette traversée mouvementée, l'équipage du *Bertha Mae* était plein d'une énergie renouvelée. Mais dans la cale, l'eau filtrait à travers les fissures de la coque. Davy et Ben descendirent pour aider Cobb à pomper l'eau tandis que Georgie restait sur le pont pour diriger la manœuvre.

La nuit était tombée, quand Davy et Cobb refirent surface. Malgré le clair de lune, on discer-

nait à peine les contours de la rive ; seul le bruit régulier des perches qui plongeaient dans l'eau troublait le calme environnant.

Georgie accourut vers Davy, tout excité : « On est toujours en tête ! Peut-être qu'on la gagnera, cette course, finalement !

– Doucement, Georgie, il ne faut pas vendre la peau de l'ours avant de l'avoir tué. »

Georgie remarqua alors un groupe de lumières à quelques centaines de mètres de là.

« Hé, capitaine ! lança Georgie. Que voit-on là-bas ?

– Shawneetown. On doit s'y arrêter.

– S'arrêter? répéta Georgie, consterné, et laisser ces coyotes nous passer devant?

– On ne peut pas faire autrement. Dans la cale, tout est trempé, même la poudre. N'oublie pas que les Indiens nous attendent peut-être au tournant d'un moment à l'autre. »

Georgie savait que le capitaine Cobb avait raison. On avait signalé des attaques d'Indiens du côté de Shawneetown. Sans munitions, ils constituaient une proie trop facile.

Le *Bertha Mae* avait déjà jeté l'ancre, lorsque *L'Intrépide* aborda Shawneetown. Jocko, qui avait l'ouïe fine, s'exclama :

« Mike! On dirait qu'ils sont sortis indemnes du rapide, j'ai cru reconnaître leurs voix. Ils ont dû accoster par ici.

– Oui, et nous allons en faire autant.

– Quoi? Tu es fou? Laisser passer notre chance de les doubler!

– Pourquoi s'embêter? demanda Mike en souriant, alors qu'il y a un moyen beaucoup plus simple de gagner… Il fit un geste en direction de la barre : tiens, prends ma place! »

Il s'éloigna, laissant Jocko stupéfait.

Sur l'embarcadère, l'équipage du *Bertha Mae*

travaillait dur : Davy et Cobb étaient partis au ravitaillement ; les hommes, eux, consolidaient les perches et bouchaient les trous dans la coque.

Une fois les réparations terminées, Hank examina le bourg avec inquiétude :

« Il se fait tard, annonça-t-il. J'espère que Davy trouvera quelque chose d'ouvert.

– Oui, renchérit Ben. S'ils ne sont pas trop longs, on pourra repartir avant que ce gredin de Mike Fink ne nous ait rejoints.

– Personne en vue. Pourvu qu'ils ne passent pas devant nous sans qu'on s'en aperçoive », ajouta Hank en scrutant la rivière.

« Coaa ! Coaa ! »

Ben sursauta.

« Qu'est-ce que c'est ?

– Rien. Seulement un crapaud, le rassura Hank en riant. Ah là là ! Tu es bien un gars de la ville ! Pas fichu de reconnaître le cri du crapaud !

– Il ne doit pas être loin, alors ?

– Il y en a une multitude aux abords du fleuve. »

Ben avait raison : l'« animal » n'était pas loin, mais ce n'était pas ce qu'il croyait.

Il ignorait que Mike Fink savait imiter à merveille le cri du crapaud et que, juste au-dessous d'eux, il desserrait les écrous de leur gouvernail.

10

À la sortie de Shawneetown, douze hommes se tenaient sur la rive, surveillant le cours du fleuve. Ils portaient la tenue des Indiens Shawnees et leurs visages étaient dissimulés sous des peintures de guerre. Les costumes et les perruques avaient été volés, car ces individus étaient en réalité des pirates payés pour intercepter les embarcations qui passaient.

Seul un homme cruel, tel que Mason, pouvait avoir organisé un pareil brigandage. Quand il mettait une ville à sac ou rançonnait un bateau, on n'avait pas le temps de se rendre compte de quoi que ce soit. Il frappait fort et disparaissait vite, sans laisser de trace.

Accroupis dans les buissons et derrière les rochers, les pirates attendaient en silence.

Lorsque *L'Intrépide* apparut, l'un d'eux murmura : « Attention ! tenez-vous prêts. »

Ils sortirent alors de leurs cachettes et s'approchèrent en restant à couvert de la rive. Sans bruit, ils retirèrent les branchages qui camouflaient leurs canoës.

Mason et les redoutables frères Harpe, Petit Harpe et Grand Harpe, les observaient depuis la berge.

« Tu ne crois pas que c'est un peu dangereux de s'attaquer à Mike Fink et son équipage ? interrogea Grand Harpe.

– Ne t'inquiète pas, ricana Mason. On les piègera aussi facilement que les autres. »

Il fixa de ses yeux gris acier les canoës sur le point d'aborder *L'Intrépide*.

« Ce soir, les amis, nous allons détrôner le Roi du Fleuve », annonça-t-il, ravi.

Au même instant, le *Bertha Mae* allait rattraper *L'Intrépide*. Les deux bateaux étaient assez près l'un de l'autre pour que Davy et Georgie entendent Mike crier :

« Des Indiens ! Préparez-vous. »

Le premier moment de stupeur passé, Davy s'accorda quelques secondes pour observer les assaillants.

« Ma parole, ce ne sont pas des Shawnees ! » grommela-t-il entre ses dents.

Davy n'était pas homme à se croiser les bras quand les autres couraient un danger. Il attrapa son fusil, posé près de la cabine.

« Davy, ils s'en prennent à Mike Fink ! protesta Georgie. Puisqu'il est si malin, laissons-le se sortir de là tout seul. »

Mais devant le regard lourd de reproche que lui adressa Davy, Georgie, tout piteux, arma son fusil sans renâcler davantage.

À présent, les canoës cernaient *L'Intrépide*

et les « Indiens » le criblaient de flèches. Rassemblant toutes ses forces pour soulever une lourde barrique, Grand Élan la jeta par-dessus bord.

Elle s'écrasa sur un canoë. Quatre des pirates de Mason sautèrent à l'eau pour l'éviter, suivis de peu par deux hommes de Mike qui se jetèrent sur eux. En un rien de temps, l'eau, qui était calme et sombre, se mit à grouiller, agitée par les éclaboussements, les cris et les coups.

« Va donc savoir qui est qui ? cria Georgie.

– Dans cette pagaille, impossible, répondit Davy. Pourquoi crois-tu que je n'ai pas encore fait feu ? »

Soudain, un coup de feu partit d'un des canoës. La balle siffla près de l'oreille de Mike qui attrapa aussitôt son mousqueton. Il épaula et tira, pulvérisant l'une des embarcations.

Mike rechargea son arme. À quelques mètres, deux des hommes de Mason le tenaient en joue. Ils armèrent leur fusil, mais Mike, alerté par le bruit, s'immobilisa. Au même instant, Davy délogeaient les occupants d'un autre canoë qu'il avait pris pour cible. Avec l'aide de Georgie, il s'acharnait sur les faux Indiens. Pris au dépourvu, les pirates reculèrent, se précipitèrent

dans leurs embarcations et s'enfuirent aussi vite que leurs pagaies le leur permettaient. Davy et Georgie posèrent leurs fusils, et les hommes de Mike prirent la relève jusqu'à ce que les assaillants aient disparu. Une fois le silence revenu, Davy interpella les passagers de *L'Intrépide* :

« Pas de blessés ?

– Personne chez nous », répondit Mike qui baissa les yeux et s'éclaircit la voix. En se détournant, il marmonna quelque chose d'autre. Davy n'en était pas sûr, mais il lui semblait bien avoir entendu le mot « merci ».

« Hé là! Oh! le gouvernail! » cria Cobb, affolé. Davy se précipita et saisit la barre. Elle était inerte, molle, comme morte. Georgie se pencha par-dessus bord et comprit immédiatement.

« Brisée! dit-il. Cassée, fichue! »

Debout sur le pont, Mike regardait le *Bertha Mae*. Son coup avait marché exactement selon ses prévisions. Pourtant il n'était pas satisfait. Bien sûr, il désirait avant tout gagner la course, mais Davy Crockett lui avait sauvé la vie. Et comment Davy avait-il été récompensé? Par le sabotage du *Bertha Mae*, un coup fourré signé Mike...

Pour la première fois de sa vie, le Grand Mike Fink, le Roi du Fleuve, avait honte.

11

« Très bien, les gars, dit le capitaine Cobb. Le village que vous voyez, c'est La Nouvelle-Madrid. Essayez d'aborder dans cette anse. »

Le *Bertha Mae* venait de dépasser la frontière sud de l'Illinois, là où l'Ohio se jette dans Le Mississippi, un large fleuve avec de nombreux affluents répartis sur toute sa longueur.

Sans gouvernail, le *Bertha Mae* devenait très délicat à manœuvrer.

« Tous aux perches ! » ordonna Davy.

Les bateliers se levèrent d'un bond et s'activèrent pour diriger le bateau vers la rive.

Tout doucement, le *Bertha Mae* accosta. Il y avait déjà trois autres bateaux au mouillage dans l'anse, dont *L'Intrépide*.

« Non mais, regarde-moi ça ! railla Georgie. Devine qui a décidé de faire une petite pause ? »

Comme le bateau glissait le long de l'embarcadère, Davy sauta à terre pour l'amarrer.

« Ben, tu montes la garde avec les autres ; Georgie, tâche de savoir où sont les hommes de Mike. Cap' et moi allons trouver de quoi réparer le gouvernail. »

De retour à bord, Davy et Cobb s'affairaient autour du gouvernail lorsque Georgie les interrompit.

« Oh ! Cap' ! Davy ! Ils reviennent !

– Ils t'ont vu ? questionna le capitaine Cobb.

– Non », répondit Georgie en secouant la tête.

Cobb se hâta de serrer les derniers écrous du gouvernail et Davy défit rapidement l'amarre.

Quand Mike et ses hommes parvinrent à l'embarcadère, le *Bertha Mae* s'éloignait. D'un seul coup, le sentiment de culpabilité de Mike s'évanouit :

« Il faut les rattraper, secouez-vous, et plus vite que ça ! » hurla-t-il à son équipage.

Bientôt, les deux bateaux furent de nouveau côte à côte, et le trajet continua sans escale et sans coup fourré.

Il commençait à faire chaud au moment d'atteindre la Louisiane. Le fleuve était plus large à cet endroit, parsemé çà et là de petites îles.

L'Intrépide talonnait toujours *Bertha Mae*, mais Davy ne le perdait pas de vue. Georgie s'approcha le sourire aux lèvres :

« Dans combien de temps serons-nous à La Nouvelle-Orléans ?

– Moins d'une journée, je pense. »

Georgie rejeta la tête en arrière et poussa un cri de triomphe : « Youpee ! On va gagner ! »

« Ohé ! »

Une petite voix dans le lointain les alerta.

« Qui est-ce ? demanda Georgie.

– Ohé, du bateau ! répéta la voix.

– Regarde », dit Davy en désignant une île au milieu du fleuve.

Plus grande que les autres, elle était formée d'un épais bosquet d'arbres entouré d'une plage. Un vieil homme décharné et barbu leur faisait des signes désespérés :

« Au secours ! Venez me chercher !

– Ho ! capitaine ! appela Davy. Mettez le cap à tribord ! »

« Grâce à Dieu, vous vous êtes arrêtés », déclara le vieil homme comme le *Bertha Mae* s'apprêtait à accoster. Le visage sillonné de rides, l'homme semblait fou de joie.

« Je m'appelle Jasper Crow, je n'ai pas vu âme

qui vive depuis que mon bateau a échoué ici. Je meurs de faim. »

Davy sourit et lui tendit la main.

« Cela peut s'arranger. Montez donc.

– Merci. Vous pouvez m'attendre un instant, le temps que j'aille chercher mes bestiaux ?

– Des bestiaux ? » répéta Cobb, consterné.

Le vieux disparut derrière les arbres. Quelques instants plus tard, une mule sortit du bosquet, suivi de Jasper qui tenait un poulet dans ses mains ; une chèvre et un cochon fermaient la marche.

« Hé là ! fit Cobb. On n'a pas le temps d'embarquer toute cette ménagerie. Voici *L'Intrépide* qui arrive. »

Ils jetèrent un coup d'œil vers l'arrière et aperçurent *L'Intrépide* qui filait comme une flèche. D'ici peu de temps, il les aurait doublés.

« On ne peut pourtant pas les laisser là, protesta Davy.

– Écoute… si on les prend à bord, il ne nous reste plus de place pour manœuvrer le bateau ! » insista Georgie. Puis il s'adressa au vieil homme : « Oubliez vos animaux, grand-père, et montez. Nous sommes pressés. »

Les épaules de Jasper s'affaissèrent.

« Je ne peux pas les abandonner ainsi.

– Ça ne serait pas bien, approuva Davy. Donnons-lui un coup de main. »

Davy sauta du bateau, bientôt imité par Georgie et le reste de l'équipage.

Paniquée, la mule prit la fuite. Jasper remit le poulet entre les mains de Ben et poursuivit la bête en menaçant :

« Veux-tu revenir, et plus vite que ça !

– Qu'est-ce que je suis supposé faire de cette choses à plumes ? » criait Ben aux prises avec la volaille qui battait furieusement des ailes.

Davy et Georgie s'occupaient de la grosse truie, qu'ils essayaient de pousser tant bien que mal jusqu'au bateau.

« Comme c'est gentil, ça ! Les bouseux qui nous attendent ! » s'esclaffait Mike, depuis le pont de *L'Intrépide*.

La truie décocha un coup de pied dans la poitrine de Georgie et s'échappa. Davy se jeta à terre et lui attrapa les pattes de derrière.

« Hé, Crockett ! se moqua Mike. Tu recrutes un nouvel équipage ? Ha, ha, ha ! »

Mike et ses hommes partirent d'un rire énorme qui s'amplifia, résonnant d'une rive à l'autre du fleuve.

Furieux, Cobb installa une planche sur le bord du *Bertha Mae* et descendit aider les autres.

Pendant que *L'Intrépide* s'éloignait, les hommes firent monter toutes les bêtes à bord.

« Pressons, les gars, ordonna Cobb en s'essuyant le front. La soirée risque d'être longue. »

12

Trois heures plus tard, le *Bertha Mae* s'engageait dans un affluent étroit qui s'éloignait du cours principal du Mississippi. Seul Jasper Crow avait le sourire.

« J'habite là-bas dans un bayou, précisa-t-il en montrant une vieille bicoque dans le lointain. Je vous remercie de vous être donné tout ce mal. Vous viendrez bien manger un morceau ?

– Ce ne serait pas de refus, fit Davy, mais il nous faut rattraper le temps perdu. »

Le vieil homme opina du bonnet.

« Eh bien, si vous repassez par là, ma maison vous sera toujours ouverte. Je vais débarquer mes bestiaux et je vous laisse continuer. »

Ben et quelques autres l'aidèrent à faire descendre les animaux. Georgie poussa un soupir en hochant la tête.

« Je dois quand même te l'avouer, Davy. Tu ne te rends même pas compte que tu te fais avoir.

– Si, si… Je le sais bien. »

Georgie le regardait sans comprendre.

« Alors pourquoi veux-tu que l'on s'échine à rejoindre La Nouvelle-Orléans ?

– Nous devons livrer nos peaux à Fink », répondit Davy d'une voix triste.

Georgie sentit son cœur se serrer. C'était la première fois qu'il entendait Davy Crockett s'avouer vaincu.

« Merci encore, capitaine, insista Jasper. Je n'ose pas penser à ce que je serais devenu si vous ne m'aviez pas tiré de là, les gars.

– C'est tout naturel, répliqua Cobb. Il souriait avec la bouche, mais ses yeux révélaient la déception qu'il ressentait.

– Bonne chance ! » cria Davy.

Il savait bien qu'en s'arrêtant pour aider ce vieil homme, il avait perdu la course, toutefois il était quand même convaincu d'avoir accompli son devoir. Autour de lui, les hommes empoignèrent leurs perches et le bateau glissa sur l'eau.

Les sourcils froncés, Jasper surveillait le *Bertha Mae* qui s'éloignait.

« Ho ! les gars, lança-t-il, vous avez bien

dit que vous vouliez rattraper le temps perdu ? »

Georgie jeta un regard noir sur le vieillard et grogna :

« On ne peut pas aller plus vite !

– Bien sûr que si, en continuant sur ce bayou ! indiqua Jasper.

– Quoi ? » s'exclama Davy.

Tout l'équipage s'arrêta instantanément. Jasper désignait l'étroit cours d'eau qui traversait sa terre.

« Si vous voulez, vous pouvez gagner une soixantaine de kilomètres. »

Davy et Georgie avaient du mal à y croire.

« Je l'ai fait souvent avec mon canot, continua Jasper. Ce bras d'eau se jette dans le Mississippi juste au-dessus de La Nouvelle- Orléans.

– Il parait bien étroit, nota Davy. Vous croyez qu'on passera ?

– Dame…, hésita Jasper, qui contemplait la végétation en se caressant la barbe. Si vous coupez deux ou trois arbres au passage et si vous ne craignez pas trop de racler le fond, c'est faisable. »

Davy sentit son cœur battre plus vite ; à son côté, Georgie était rouge d'excitation.

Peut-être, gagneraient-ils cette course après tout ?

13

« En fait de rivière, elle ressemble plutôt à un marécage », se plaignait Georgie.

Les branches lui fouettaient le visage tandis qu'il marchait devant le *Bertha Mae* pour lui frayer un chemin dans l'obscurité. À l'intérieur de la cabine, le capitaine Cobb tenait en réserve quelques hachettes. Il en donna une à Georgie qui tailla les branches au fur et à mesure de sa progression.

« Georgie ! appela Davy. Reviens un peu ici. J'ai besoin de ton aide. »

Le *Bertha Mae* était envasé. Quatre hommes de l'équipage sautèrent à l'eau. En unissant leurs efforts à ceux de Georgie et Davy, ils parvinrent à dégager le bateau.

« Attention ! » prévint tout à coup Davy à la vue d'une forme luisante qui s'approchait en rampant.

Georgie eut juste le temps d'esquiver la gueule de l'alligator, qui avaient des dents aiguisées comme des lames de rasoir.

« Hola ! » gronda Georgie, d'un ton menaçant.

Il lança sa hachette qui tournoya et tomba non loin du monstre.

Ce fut au tour de Davy qui lui jeta une perche. La bête alors recula jusqu'à la rive et Georgie s'épongea le front :

« Il n'est pas passé loin, celui-là ! »

Lorsque le *Bertha Mae* sortit enfin du bayou, l'équipage, trempé de sueur, avait le visage et les mains dévorés par les piqûres de moustiques. Ils étaient tous épuisés ; Ben et Hank soulevaient leurs perches à grand-peine, Georgie grimaçait en enroulant un bandage autour de sa main.

« Regarde ! J'ai des ampoules sur tous les doigts ! gémit-il.

– Tiens bon, Georgie, l'encouragea Davy. Nous avons presque rejoint le Mississippi. Ça sera bientôt plus facile. »

Davy avait raison. Quand ils quittèrent le bras de rivière pour retrouver le fleuve, un fort courant les entraîna.

L'équipage poussa un hourra de soulagement.

Ben et Hank posèrent leurs perches : on allait enfin pouvoir se détendre et s'amuser. Plus personne ne songeait à la course.

Tout au moins jusqu'à l'apparition de *L'Intrépide* dans leur sillage : Mike et ses hommes restaient plantés à l'avant, la bouche ouverte, stupéfaits.

« Ça alors, je n'y croyais pas, admit Georgie. Ce vieux fou avait donc raison !

– C'est bon, nous nous sommes assez entraînés maintenant, annonça Davy. On va leur montrer ce qu'on sait faire.

– Souquez ferme, les gars ! » cria Cobb.

Ben et Hank empoignèrent leurs perches comme s'ils s'étaient reposés toute la journée. À mesure qu'ils les plongeaient dans l'eau, le *Bertha Mae* fendait les flots de plus belle.

Sur *L'Intrépide*, Mike s'étranglait de rage. « Activez la cadence ! Si nous n'arrivons pas avant Crockett, je ferai de vous de la bouillie pour poissons ! »

La course avait repris. *L'Intrépide* accéléra à son tour, luttant mètre après mètre avec le *Bertha Mae*.

Les lumières de La Nouvelle-Orléans ne tardèrent pas à apparaître dans le lointain. Cobb regardait de temps à autre par-dessus son épaule.

« On va les battre ! On y est presque ! » lançait-il pour encourager son équipage.

Le *Bertha Mae* avait beau prendre de la vitesse, *L'Intrépide* se rapprochait insensiblement.

« Grand Élan ! beugla Mike. Donne-leur donc un petit coup de pouce ! »

Grand Élan grimpa sur le toit de la cabine de *L'Intrépide*, sa perche à la main et attendit que le *Bertha Mae* parvienne à sa hauteur. Heureusement, Davy aperçut l'ombre de Grand Élan juste à temps pour l'éviter. La rame fouetta l'air et faucha Hank qui bascula par-dessus bord, salué par les applaudissements de Mike.

« Alors, tu cherches la bagarre, comme ça ? » explosa Davy.

Se servant de sa perche comme point d'appui, Davy prit son élan, s'éleva dans les airs et décocha un coup de pied bien placé à Grand Élan. Avec un cri de douleur, ce dernier plongea tête la première dans le Mississippi.

Puis ce fut au tour de Jocko qui attaqua Davy. Le duel faisait rage : les deux hommes s'affrontaient d'un bateau à l'autre. Bientôt la mêlée fut générale, les perches fendaient l'air, des hommes tombaient à l'eau sans cesser d'échanger des coups.

« Allez-y ! Cognez ! » criait Mike.

Mais Cobb gardait toujours le cap : le port de La Nouvelle-Orléans apparut sur la droite. Il donna un coup de barre, et le *Bertha Mae* se présenta droit dans la passe, suivi de près par *L'Intrépide*.

Les deux navires se trouvaient de nouveau côte à côte. Les hommes remontèrent tant bien que mal dans les bateaux et reprirent leurs postes avec précipitation.

« Du nerf, bande de babouins ! » braillait Mike.

Il lâcha la barre et s'empara d'une perche qu'il plongea rageusement dans l'eau, elle s'enfonça dans la vase. Mike appuya de toutes ses forces, puis la retira... ou plutôt voulut la retirer.

Elle était plantée au fond, et Mike refusait de la lâcher : son acharnement lui valut de tomber à la renverse dans le Mississippi.

L'équipage de *L'Intrépide* ralentit pour venir en aide à son capitaine.

« C'est parti ! » ordonna Davy.

Profitant de la vitesse acquise, le *Bertha Mae* entra dans le port !

Les manifestations de joie éclatèrent sur le pont du *Bertha Mae*. Davy serrait Georgie sur son cœur, Ben tapait dans le dos de Hank, Cobb dansait une gigue endiablée.

Dans l'eau, à quelques mètres de là, la tête de Mike Fink émergeait à la surface.

« Hé, toi, là-bas ! appela Georgie. Tu voulais nous rafler nos fourrures et tu as cru que j'allais payer le dîner ! Eh bien moi, je pense que tu t'es trompé ! »

Crachant comme un phoque, Mike nagea jusqu'au *Bertha Mae*. Georgie l'aida à monter à bord.

Mike se hissa sur le pont. *L'Intrépide* pénétrait à son tour dans le port avec des hommes d'équipage à la mine pitoyable. Regardant tour à tour Davy et Georgie, Mike secoua la tête et poussa un profond soupir.

« Que va-t-on dire de moi ? Mike Fink, le Roi du Fleuve, battu par une bande de bouseux.

– Nous n'avons rien gagné d'autre que nos fourrures, répondit Davy. C'est pour cette raison que nous avons fait la course. »

Mike fronça les sourcils, incrédule :

« Alors, tu ne me prendras pas ma plume rouge et tu ne réclameras pas le droit de t'appeler le Roi du Fleuve ? »

– Non. Je suis beaucoup plus heureux dans les bois, je n'ai pas envie de vivre sur l'eau. Je crois qu'il n'y a qu'un seul Roi du Fleuve, c'est toi, Mike. »

Mike examinait Davy, l'air soupçonneux. Pourtant, tout le monde savait que Davy Crockett était un homme de parole, même Mike Fink.

« Où est mon chapeau ? s'inquiéta-t-il.

– Je vais le retrouver », proposa le capitaine Cobb, qui attrapa une perche, la plongea dans l'eau, et repêcha le couvre-chef en question. Mike le prit dans les mains et regarda autour de lui, le front plissé. Sans hésiter, il le porta à sa bouche et en mordit une grande partie.

Des acclamations fusèrent sur le quai. Davy passa son bras autour des épaules de Mike qui le regarda fixement, puis éclata de rire. Les deux équipages se mirent à chanter… sauf Mike car il avait la bouche pleine.

Ravie du spectacle, la foule se rassembla autour des bateliers. Le *Bertha Mae* avait gagné la course, le capitaine Cobb était arrivé à bon port, et Georgie Russel s'était tiré d'une sale affaire.

Quant à Davy, il avait eu son content d'aventures, et il ne lui restait plus qu'à vendre ses fourrures comme prévu. Mais il avait aussi gagné quelque chose qui n'était pas au programme en la personne de Mike Fink, le Roi du Fleuve ; il s'était fait un nouvel ami.

RAPPEL HISTORIQUE

Davy Crockett demeure sans doute le plus connu des héros de la Conquête de l'Ouest. Il naquit en 1786 et grandit dans l'Est du Tennessee, un pays austère, où son père tenait une petite auberge de campagne. Les affaires n'étaient pas très florissantes, et la famille devait souvent compter sur les talents de chasseur du jeune Davy pour assurer leur subsistance. Davy savait raconter des histoires à merveille, et ce don devait alimenter plus tard la légende de Crockett.

En 1806, Davy épousa Polly Finley qui lui donna plusieurs enfants. Au fur et à mesure que les pionniers s'installaient sur les terres en friche, Davy et Polly se déplacèrent avec leur famille vers l'Ouest. En 1813, ils déménagèrent pour la dernière fois, et s'installèrent aux confins du Tennessee.

Davy se fit le champion des droits des Indiens à une époque pourtant marquée par une grande injustice envers ce peuple.

En 1813, il s'engagea dans l'armée pour tenter de mettre un terme à la guerre avec les Creeks. Ses talents de négociateur furent couronnés de succès et lui gagnèrent le respect des deux parties.

Davy revint de la guerre auréolé de gloire et sa popularité lui valut d'être élu au Congrès, où il siégea pendant trois mandats consécutifs. Au cours de cette période, il participa à la rédaction d'un traité qui devait permettre aux Indiens de garder leurs terres. Malgré son désaccord, le Congrès décida en 1835 de dénoncer le traité. Davy choisit alors de ne pas se représenter.

En 1836, Davy Crockett, accompagné de son fidèle compagnon Georgie Russel, se joignit à un petit groupe de pionniers américains ; assiégés dans Fort Alamo, au Texas, alors propriété du Mexique, ils se battirent vaillamment contre l'Armée mexicaine. Trop peu nombreux face à l'ennemi, ils ne purent résister bien longtemps. Les soldats mexicains finirent par envahir Fort Alamo, tuant hommes, femmes et enfants. Davy Crockett mourut comme il avait vécu… en héros de l'Amérique.

La devise « Souvenez-vous de Fort Alamo ! » devint le cri de ralliement des résistants texans, qui réussirent finalement, en 1848, à obtenir le rattachement du Texas aux États-Unis d'Amérique.

Imprimé en Italie par Litho 800.
Dépôt légal août 1995 - n°9039
46.25.1107.01/5 - ISBN 2.23.000460.3
Loi n°49-956 du 16 juillet 1949 sur les publications
destinées à la jeunesse.